나의 대단한 조부모님들,
이야기를 들려준 모든 조부모님들,
그리고 이야기를 듣고 자란 모든 어린이들에게.

돌이켜 생각해보면, 나 자신과 세상에 대한 깨달음은
대부분 커튼 뒤에서 시작되고, 커튼 뒤에서 끝났다.

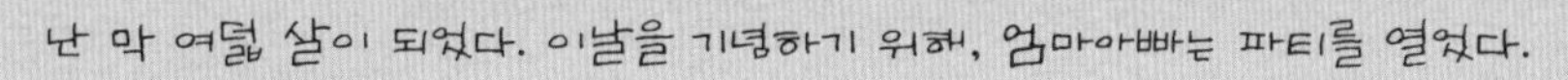
1937년, 프로방스

난 막 여덟 살이 되었다. 이날을 기념하기 위해, 엄마아빠는 파티를 열었다.
사람들이 아주 많았던 기억이 난다.

우리를 돌봐주시던
프티 아줌마도 있었다.

우리는 아줌마를 많이 좋아했지만, 그것이 아줌마를
깜짝 놀래고 싶은 마음을 억누를 수 있다는 뜻은 아니었다.

나탈리 고모와 고모부 장,
사촌 결리앙도 왔다.

할머니 할아버지도 오셨다.
물론 엄마의 부모님을 말하는 거다.

외할머니, 외할아버지는 자주 보기 어려웠다.
우리 아빠랑 친한 사이가 아니어서였다.

고이들이란...
고이는 할머니, 할아버지가 아빠를
부를 때 쓰는 말이었다.

엄마는 그 별명을 별로
안 좋아했다.

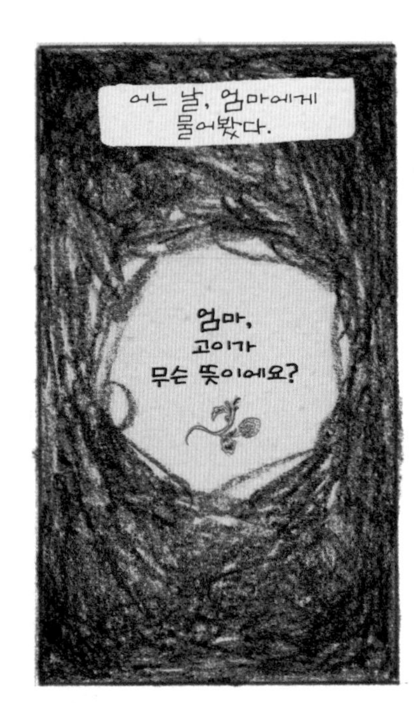
어느 날, 엄마에게
물어봤다.
엄마,
고이가
무슨 뜻이에요?

엄마가 아프기 전의 일이다.

당시 낯선 아줌마들이 맨날 놀러와서는 '여성의 권리',
'성매매 금지', '교육의 권리'처럼 나는 도저히 관심이
가지 않는 것들에 대해 한참이나 이야기하곤 했다.
엄마,
'고이'가 무슨
뜻이에요?

휴우…

어른들
이야기하는데
끼어드는 거 아니야!

고이는 유태인이 아닌
사람들을 말한단다.

나쁜 말도 아니네, 뭐.

어떤 단어가 나쁜 말인지
아닌지는 모두 말투와
맥락에 달려 있지. 모든
단어는 때때로 나쁘게
쓰일 수 있어. 심지어…

나는 엄마 말이 끝나기도 전에 방을 나왔다.
뭐, 그러면 아빠는 '고이'가 맞다. 그게 뭐
어떻다는 거지? 어떤 사람을 있는 그대로 부르는 게
왜 모욕적인 것인지 전혀 이해가 가지 않았다.

엄마의 오빠, 외삼촌 벤도
파티에 왔다.
FABRIQUE DE BERLINGOTS
나는 벤 삼촌이 참 좋았다. 엄마는 삼촌이
우리 버르장머리를 망쳐놓는다고 했지만.

엄마와 정치 활동을 같이
하는 베르나르 부인과 리샤르
부인도 왔고,

아래층에 사는 르루아 씨도 왔다.

빛나는 금빛 머리카락을 가진
여자들도 왔는데, 아빠의 먼
친척이라고 했다.

분위기를 돋우기 위해, 벤 삼촌과
베르나르 부인이 내가 가장 좋아하는
브람스의 소나타를 연주했다.

쿨럭
쿨럭

쿨럭
쿨럭

엄마는 살이 많이 빠졌다.
쉽게 피곤해했고, 등이 아프다며 힘들어했다.
그리고 기침을 했다.
엄마의 기침은 멈출 줄 몰랐다.

의사가 와서 엄마를 진찰했다.

엄마도, 아빠도 우리 집에 찾아온 병이 무엇인지 말해주지 않았다. 몇 달 동안이나.
의사가 아니어도, 확실히 심상치 않은 병이라는 건 누구나 알 수 있었다.

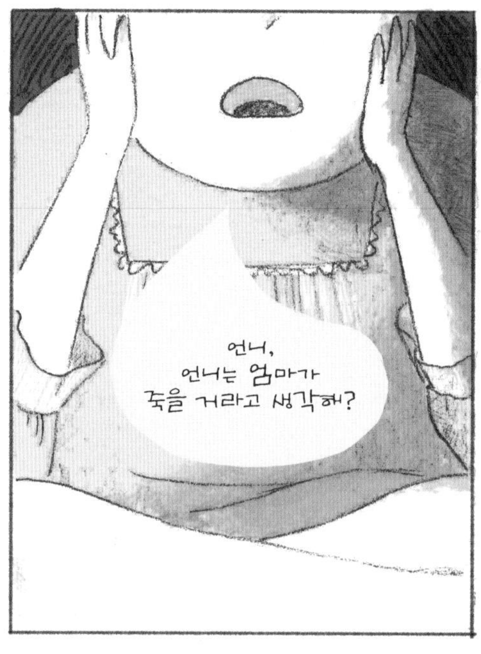
언니, 언니는 엄마가 죽을 거라고 생각해?

당연히 아니지! 무슨 그런 말을 해?

엄마는 용으로 변신하는 중이야. 기침을 하면서 불 뿜는 연습을 하는 거라고!
에밀리는 내 말을 믿지 않았다. 나도 마찬가지였고.

우리
숨바꼭질 할래?

얘는 특정 신체 부위에 지대한 관심이 있는 게 분명하다...
후비적
후비적
우웩

좋아, 하자. 내가 제일 나이가 많으니 술래 할게.

뒤를 돌아 벽을 보고 섰다. 어른들은 인플레이션, 블룸이라는 정치인의 사임 같은 그렇고 그런 세상 이야기들을 주고받았다. 나는 피아노에서 들려오는 브람스에 맞춰 숫자를 세기 시작했다...
하나, 둘, 셋...

지금은 20세기라구!
아직도 남편이 시키는 대로 살아야
한다니 말도 안 돼!
아무도 리샤르 부인에게 결혼하자고 하지
않았던 것 같다. 그래서 남자들에 대한
격한 반감이 생긴 게 아닐까…?
…열둘, 열셋, 열넷…
적어도 파리 만국박람회가
긴장 상태를 완화시키고, 평화
분위기를 조성하고 있다고
봅니다…
…열아홉, 스물.

찾는다!

히 히
쉬잇

후후

아하! 손님방에 숨었군!

꼭
하하
쉬잇

히히히

커다란 완두콩으로
만들어주지!

찾았다!
—!

으아아아아아악!
흠,
꽤나 큰 콩인데...

대체 뭐야!
거다 완두콩에서는
아빠 목소리가 났다.

...여자잖아?
누구지?

그 순간, 무슨 일인지는 모르겠지만
혼나기 전에 도망치자는 생각뿐이었다.

손님들이 모두 돌아간 그날 저녁, 오후에 있었던 일에 대해 아빠가 설명해주기를 바랐다.

아빠가 야단을 칠 것 같아 겁이 났지만, 동시에 그랬으면 좋겠다는 마음도 있었다.

적어도 내가 느낀 분노와 배신감에 대한 이유를 찾았다고 생각했으니까.

하지만 아빠는 죄책감을 담은 눈빛으로 소심하게 나를 바라볼 뿐이었다.

그런 아빠를 보자 안에서 화가 끓어오르는 것 같았다. 본능적으로 엄마가 알면 절대 안 된다는 생각이 들었다.

1938

엄마, 미래가
그리웠던 적 있어요?
그리움은 지나간 것들에서만
느낄 수 있는 감정이란다,
야엘.

뭔가 잃어버린 것에 대해
생각하면 느끼는 거라고
생각했어요.

그러면... 내 미래를
그리워할 수도 있는 거잖아요.

이틀 뒤,
엄마가
돌아가셨다.

나는 눈물을 쏟았다.
엉엉 울던 에밀리는 파란 리본에 대고 코를 풀었다.

벤 삼촌은 벽 쪽으로 고개를 돌린 채 흐느꼈다. 꼭 숨바꼭질을 하는 것처럼.
외할머니 외할아버지도 눈물을 흘렸다. 노인들은 우는 법을 잊어버렸다고 생각했는데 말이다.

베르나르 부인도,
프티 아줌마도,
나탈리 고모도 울었다.

심지어 장례 기도를 올리던 랍비
선생님도 눈물을 보였다.
(엄마는 교회에 거의 나가지
않았으니까 랍비 선생님은 엄마에
대해 잘 몰랐을 텐데도 말이다.)

아빠도
울었을 거라고
생각한다.

모두들 묘지를 나서는데, 아빠가 조약돌 하나를 들어 막 흙이 덮인
엄마의 무덤 위에 놓는 것을 보았다.
확실하진 않지만,
아빠도 분명 소리 없이 울었을 거라고 생각한다.

1939
COURONNES EN PERLES ET FLEURS
눈 깜짝할 사이에
일 년이 훌쩍 가버렸다.

동생과 나는 집에서 조금 떨어진
알렉상드르 뒤마 초등학교에 가게 되었다.
프티 아줌마는 매일매일 우리를 학교에
데려다주었는데 조금 성가셨다. 우리도
이제 다 커서 혼자 다닐 수 있는데 말이다.
FLEURS

그만!
당장 그만하거라!
그날, 학교가 끝나고 집으로 돌아온 에밀리는
두 팔을 휘두르고 방방 뛰면서 담임 선생님
흉내를 냈다.

그러다 실수로 도자기 장식품을 떨어뜨려
산산조각 내고 말았다.
저는 아무것도
안 했잖아요!

으아아아아
나쁜 생각 단지잖아!
'나쁜 생각 단지'...
이걸 그렇게 불렀다는 사실도 잊고 있었다.
예전에, 우리가 어렸을 때 에밀리가 별것 아닌 일로 속상해하고 있으면 벤 삼촌은 단지 뚜껑을 열고 손으로 이상한 동작을 여러 번 반복했다. 에밀리를 괴롭히는 나쁜 생각들을 다 이 안에 가뒀다고 말하면서.
공기 말고는 아무것도 없는 게 분명한데.
하지만 삼촌의 행동은 효과가 있었다. 에밀리는 까르륵 웃음을 터뜨렸다.
그때부터 이 단지는 '나쁜 생각 단지'가 되었다. 왜인지는 몰라도 삼촌은 '판도라'라고 불렀지만.
화가 나거나 슬플 때면, 우리는 단지 뚜껑을 높이 들어 올리고 단지 주위로 팔을 열심히 휘저으며 낄낄거렸다. 그러다 다시 뚜껑을 덮고 나면 엄청난 일을 해낸 것 같은 기분이 들었다.

훌쩍

하지만 우리가 자잘한 슬픔을 모아
이 병에 넣은 지도 벌써 한참 되었다.
철컥

크흐음

얘들아,
할 말이
있다...

아빠는 어딘가
불편해 보였다.

오랫동안 곰곰이
생각해보았는데 말이다,
더 이상 지금처럼 지낼
수 없을 것 같다는 결론을
내렸다.

너희에게는 롤모델이
될 만한 여자 어른이 필요해...

아빠가 하고 싶은 말이
뭔지 알 것 같았다.

그렇지 않아요!
우리에게는 프티
아줌마가 있다고요!

프티 부인은
훌륭한 시터시지,
하지만 내가
하려는 말은...

그러니까, 내 말은..
너희들에게... 엄마 역할을 할
사람이 필요해...

재혼을 하기로
결심했다!

거리의 악사가
허디거디를 연주하며 흥얼거리는
소리가 들려왔다.
나는 시인은 아니지만
마음속 깊이 간직한 추억이 있지
시간이 가도 잊혀지지 않는
어느 겨울밤의 노래와
다정한 그 눈, 어머니의 눈빛
Louis le Chanteur de la rue
LOUIS
Le Chanteur de la Rue
깨진 항아리에서 빠져나온
나쁜 생각들이 우리 주변을
휘젓고 다니고 있었다.

우연일까? 새엄마는 금발이었다.
아빠와 함께 커튼 뒤에 있던 여자와
같은 사람인지는 확신할 수 없었다.

깡총거리는 걸음걸이에, 항상 웃고 있는 파란 눈.
재미있는 일이
있든 없든 항상 같았다.

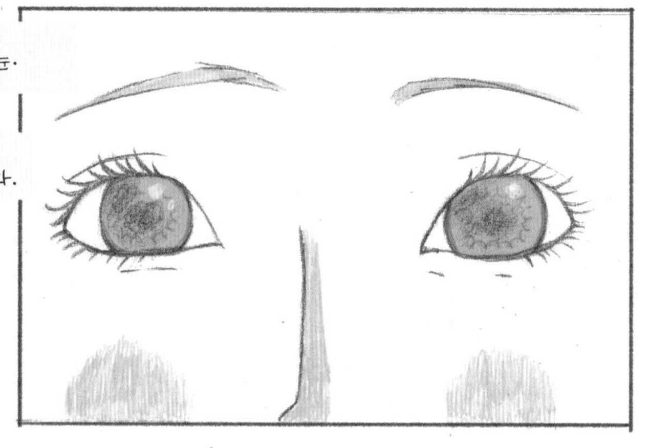

우리는 새엄마를 조금 모자란
타입이라고 결론 내렸다.

결혼식은 1938년
3월 1일에 열렸다.

조촐한 결혼식이었다. 그날을 떠올리면
딱 두 가지 기억이 난다.
마구 쏟아지던 비.
과일가게 앞에서 누군가에게
"더러운 유태인 자식"이라며 험한 말을
퍼부어대던 콧수염쟁이.
FRUITS ET LÉGUMES
Fruits et légumes

금발 여인이(새엄마의 이름은 오펠리였다)
엄마가 있던 공간에서 돌아다니고, 밥을 먹고,
잠을 잔다는 사실이 나를 괴롭혔다.

친절하고 능숙한 그녀의 엄마
노릇이 나를 더욱 힘들게 했다.
하지만 내가 가장 견딜 수 없었던 건,
우리에게 진짜 보호자인 것처럼
구는 말투였다.

공원에 갈 때면
너무 빨리 뛰지 마, 얘들아! 넘어져서 다칠 수 있어!
너무 빠르거나 느리지 않은, 뛰기에 적당한 속도라도 있나?

우리가 창문 밖으로 손을 흔들어 친구에게 인사를 할 때면
얘들아! 너무 많이 몸을 내밀지 마렴! 그러다 땅에 떨어진다!

우리도 다 알아요. 하늘로 떨어지는 게 어디 쉽나요?

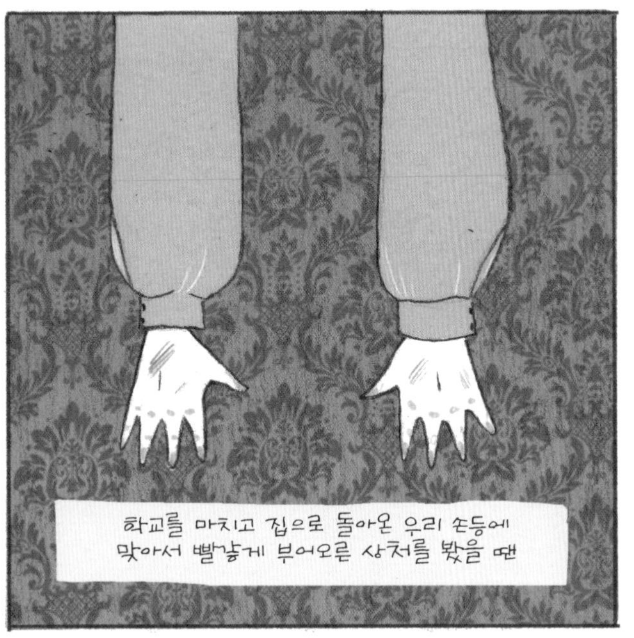
학교를 마치고 집으로 돌아온 우리 손등에
맞아서 빨갛게 부어오른 상처를 봤을 땐

선생님께서 자로 때리신 거니?

...우리의 상상력이 부풀어올랐다.
"아뇨, 잉크 알레르기예요."
"너무 배가 고파서 손을 먹기로 했어요. 소화가 안 될 것 같아 포기했지만요."
"아니야, 허물이 벗겨지는 중이라고."
새엄마는 우리가 자기를 놀리고 있다는 것을 한번도 눈치채지 못했다.
그냥 빙그레 미소만 짓고 있을 뿐이었다. 어디가 좀 모자란 사람이라는 우리의 추측이 맞다는 듯이.

여름이 왔다.
학기의 끝과 함께,
더위와 모기가 찾아왔다.
잡았다!
찰싹!

제라르 뒤부아 씨 앞
THIONVILLE
뒤부아 가족에게
아빠는 한동안
걱정에 빠져 있었다.
잇달아 도착하는 편지들을 뜯어볼 때마다
심각한 표정으로 생각에 잠겼다.

긴 고민 끝에, 아빠는
나탈리 고모의 초대를 받아들였다.
(내 인생 첫) 기차 여행은
기대보다 훨씬 짧았다.

고모네 집에서 지내는 기간은
생각보다 훨씬 길었다.
거기서 불행했던 건 아니다.
오히려, 그 반대였다.
고모네 집에는 밝고 다정한 기운이
가득했다. 음식도 더 맛있는 데다
도시와 달리 시골에는 우리 같은
어린아이들을 위한 모험이
도처에 널려 있었다.

사촌 동생 쥘리앙은 에밀리보다 키가 커졌다는 사실을 자랑스러워했다.
코의 구조를 연구하는 일은 그만둔 것 같았지만, 동물 똥에 대한 방대한 지식을 뽐내는 데 여념이 없었다.
저건 여우 똥이야!
이건 오소리 똥!
이건 고슴도치 꺼!

우리는 거의 한 달 동안 그곳에 머물렀다.
생각보다 훨씬 길었다고 말한 이유는 막바지 며칠에 대한 기억 때문이다. 우리가 일찍 떠났다면 일어나지 않았을 일들.

어느 날 아침, 아래층에서
들려오는 고함 소리에 잠을 깼다.

동생을 깨우지 않으려고 뒤꿈치를
들고 살금살금 밖으로 나갔다.
햇빛이 블라인드를 뚫고 쏟아져
마치 창살처럼 침대를 에워쌌지만
동생은 한밤중이었다.

복도는 텅 비어 있었다.

계단참에 걸터앉자 목소리가
더욱 또렷하게 들려왔다.

시간표 확인했어. 집으로 돌아가는 기차는 내일이나 되어야 한다고!
아빠 목소리다.
화가 많이 난 것 같았다.
오펠리가 아빠를 진정시켰다.

그게 뭐 대수라구요, 여보. 기껏해야 이삼 일 정도일 뿐이에요.
나탈리 고모가 오펠리를 두둔하고 나섰다.
내 말이 그 말이야! 하루하고 반나절이지, 정확히 말하면. 그렇게 흥분할 필요 없어, 제라르 오빠.

고모는 오펠리를 보자마자
죽마고우마냥 친하게 지내서
고모에 대한 내 존경심은
줄어들 수밖에 없었다.

알았어, 알았어... 좋아.
한 가지만 묻자.
우리가 여기 있다는 걸
그들이 알고 있나?

아빠는 계속
"그들"이라고 말했다.

누구에 대해 이야기하는 것인지
궁금해졌다.

무엇에 대한 이야기인지도. 게다가 아직
잠이 덜 깬 상태였기 때문에, 대화의
내용이 모두 수수께끼 같았다.

흠, 솔직히 말하면,
아니에요. 아직 모르세요.

어색한 침묵을 깨고 고모 옆에서
고모부가 덧붙였다.

거봐! 그게 문제라고!
그 둘이 일부러
나를 찾아올 리가 없단 말이지!

아빠의 화는 점점 커져 갔다.

오빠, '그 둘'이라니... 부모님이잖아!
화해할 기회를 만들려고 오빠네가 와
있다는 말을 안 한 거야. 너무 오랫동안
이러고 있잖아...

야엘!

잠옷 바람으로 뭘 하고 있는 게냐?

다른 사람의 말을 엿듣는 게 얼마나 무례한 행동인지 잘 알고 있을 텐데! 얼른 가서 옷 입거라!
남의 대화를 엿듣는 것이 나쁜 행동이라는 것은 알고 있었지만, 대화의 결론만 딱 놓치는 건 백 배 더 나쁜 일이었다.

아침을 먹고 나서,
잠깐 에밀리와
단둘이 있게 되었다.
오늘 할머니
할아버지가 오신대!

엄마 돌아가시고
나서는...

우리 보러 한 번도
안 오셨잖아.

어떤 말들은 입 밖으로 내뱉는 순간
이상한 기분이 든다.
머릿속에서 하루도 쉬지 않고
맴돌던 말들인데 말이다.
라헬 루리아
1899.4.29 - 1938.2.23
한번 내뱉어진 단어들이
갖게 되는 돌이킬 수 없는
의미 때문에 소름이 돋았다.

아니, 그 할머니
할아버지 말고, 다른
할머니 할아버지!

다른 할머니
할아버지?

그래!
다른 할머니
할아버지.

다른 뭐? 뭔데???

푸후...
다른 할머니 할아버지
말이야.

대화가 쳇바퀴처럼 맴돌기 시작했다...

쥘리앙은 방금 주워들은
단어에 어울릴 만한
동사를 기다리고 있었다.
하지만 에밀리도 나도 쥘리앙의
호기심을 채워줄 생각은 전혀 없었다.

그러니까,
다른 할머니
할아버지가 뭘
어쨌는데?

휴!
오늘 오신다고!
쥘리앙은 뭐든 참견을
안 하고는 못 배긴다.

쥘리앙은 몇 초 동안 가만히 있었다.
질문을 더 했다가는 우리가 얼마나
귀찮아할지 다 느껴진다는 듯이 말이다.
하지만 역시나 참지 못하고
입을 열었다.

어떤 할머니
할아버지?
히브리인 할머니
할아버지?

하하! '유태인'이라고 하는 거야. 그리고 그 할머니 할아버지 아니거든. 친할머니 친할아버지가 오신대. 너도 아는!
귀에 딱지가 앉을 만큼 들은 동물 똥 이야기 말고 다른 대화거리를 찾은 켤리앙은 신이 난 눈치였다.
어떤 할머니 할아버지인지 알아내자, 두 분의 얼굴을 하나하나 묘사해주기 시작했다.

동생과 나는 하루 종일 할머니 할아버지가 도착하시기를 기다렸다.

숨바꼭질도 하고...

눈 가리고 사람 맞히기 놀이도 하고...
(셋이서는 별로 재미가 없었다.)

나보다 키가 크니까...
야엘!

머리가 기니까...
에밀리!

으웩, 얼굴이 끈적끈적해! 켤리앙!

우리는 마당의 썩은 자두를 던지며 놀았고,
옷에 맞은 자두가 뭉개질 때
(약간의 죄책감 섞인) 쾌감을 느꼈다!
누가 더 끈적거리는지 보시지!
히힛

하지만 우리가 계속 대문 쪽을
힐끔거리자 금새 자두 싸움이
시시해진 켤리앙은 놀이를 그만두었다.
근처 돌 아래서 혀를 낼름거리는
가터 뱀을 잡는 것이 더 재미있다고
생각한 모양이었다.

오늘 오신다고
한 거 맞아?
긁적
긁적

응. 음...
그런 것 같아. 근데
잘 모르겠네. 잘못
들은 것 같기도 하고.

아빠한테
물어볼까?

우리는 헝클어진 머리에
옷 전체가 자두 즙으로 범벅이 된 채
완벽한 모습으로 거실로 들어갔다.
(사실, 옷 속도
자두 즙투성이였다)

우리가 원하는 정보를 얻기에
적절한 차림새는 아니었나 보다.
프티 아줌마는 몸서리를 치더니
옷깃을 낚아채서
우리를 욕조에 던져넣었다.

어른들은 밤새도록 히틀러라는
남자에 대해 이야기했다.

역겨운
미친놈이야.
전세계를
재앙으로
몰아넣고
있어.
아빠 생각이었다.

괴물이 따로 없죠.
정치에 대한 자신만의 생각이
있다기보다는 아빠의 말을
되풀이하는 오펠리였다.

불행한 과대망상증
환자랄까요.
고모부 장이 덧붙였다.

조금 길을 잃었지만 정말 똑똑한 사람이기도 하지.
나탈리 고모의 의견이었다.
아빠는 뉘른베르크 법이 지성인의 작품이라고 생각하느냐고 물으며 고모에게 고함쳤다.
더 이상 유태인들은 '아리안' 독일인들과 결혼도 못 하게 하고,
투표할 권리를 빼앗고!
상점과 공원의 입장도 금지하고!
의사나 약사, 변호사가 될 수 없도록 하고!
학교도 못 다니게 하는 것이!
그저 안타깝게도 근시안적 사고로 '방향을 잃은' 천재의 생각이라고?!

고모는 몸을 웅크리며 앉았다.
아니 내가 언제 '안타까운 사람'이라고 했어...
그런 투로 말했다고!
'아주 똑똑한 사람'? 지난 전쟁이 시시했나 보지? 지금 우리는 또다시 모두를 전쟁통에 빠뜨릴 수 있는 극단주의자에 대해 이야기하는 거라고!

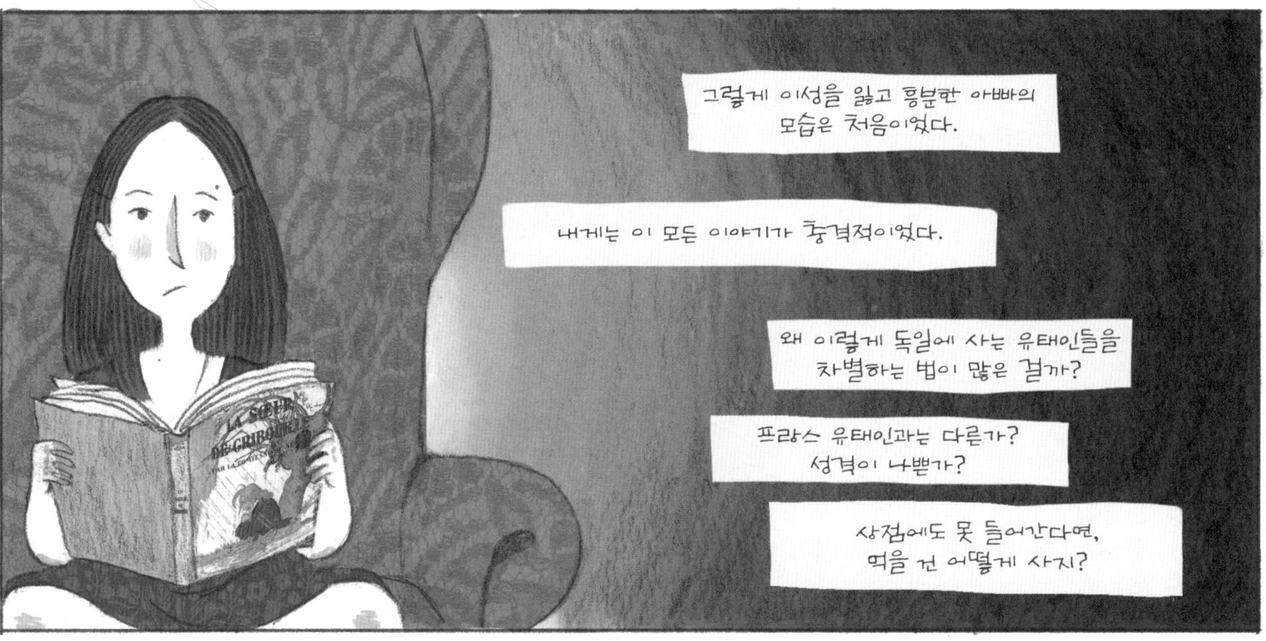
그렇게 이성을 잃고 흥분한 아빠의 모습은 처음이었다.
내게는 이 모든 이야기가 충격적이었다.
왜 이렇게 독일에 사는 유태인들을 차별하는 법이 많은 걸까?
프랑스 유태인과는 다른가? 성격이 나쁜가?
상점에도 못 들어간다면, 먹을 건 어떻게 사지?

그날 저녁부터 정치라는 것에 관심이 생긴 것 같다.
생각에 너무 몰두한 나머지 할아버지 할머니가 우리를 보러 오시는지 묻는 것도 잊어버렸다.

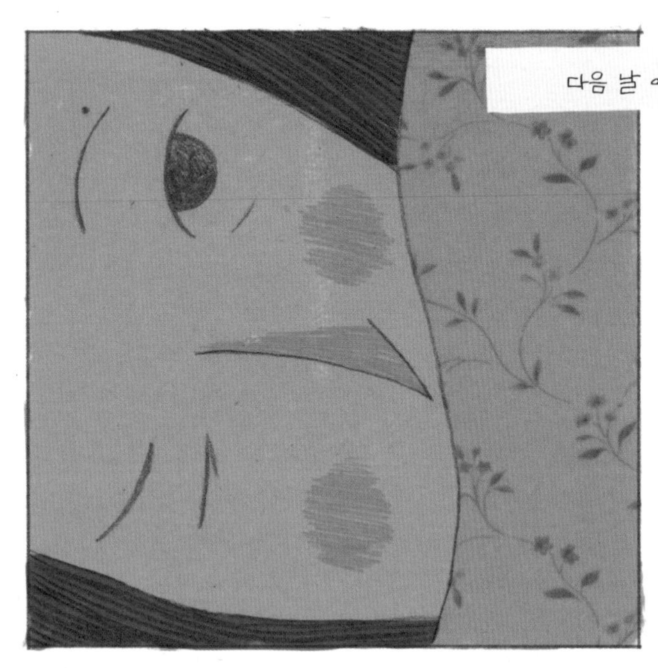

다음 날 아침 눈을 떴을 때, 에밀리가 안 보였다.

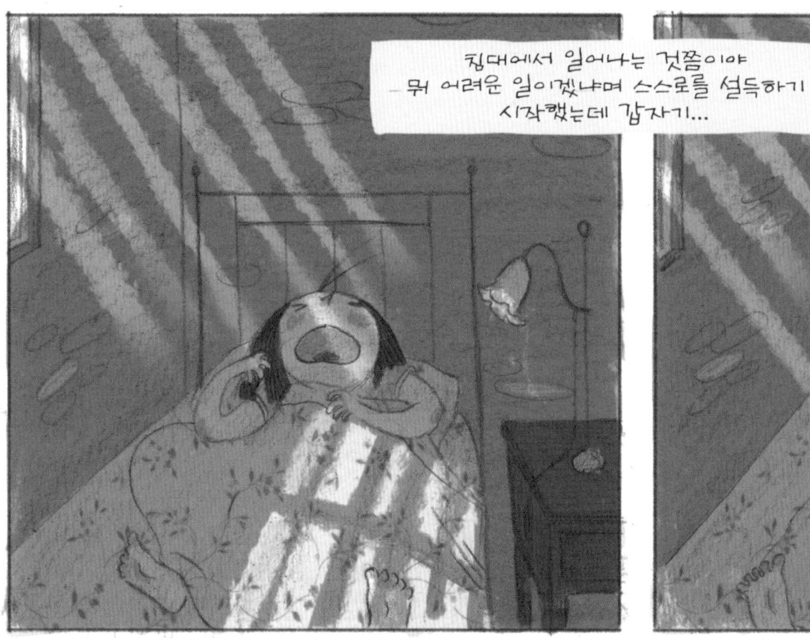
침대에서 일어나는 것쯤이야
뭐 어려운 일이겠냐며 스스로를 설득하기
시작했는데 갑자기...

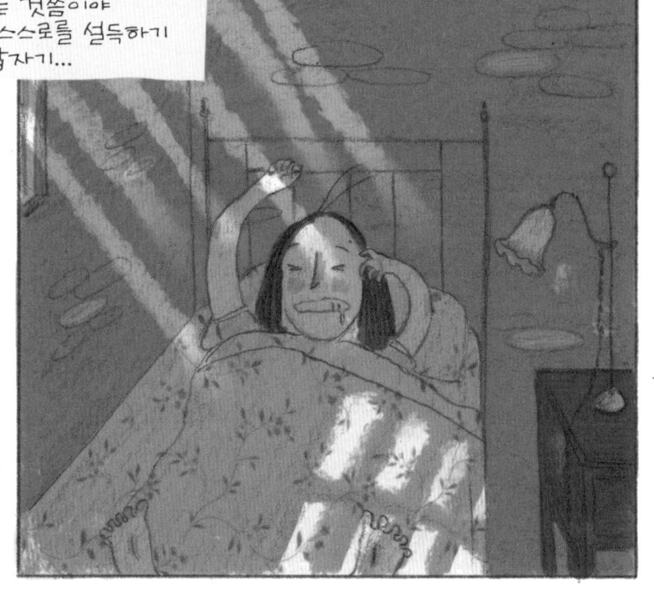

우마마마막!
쾅!

도대체 뭐 하는 짓이야?

빅 뉴스야!

할머니 할아버지가 우리가 여기 있는 걸 알고 어젯밤에 호텔로 가셨대.

...그러니까 우리를 보기 싫어서 일부러 가신 거라고?

응. 아빠 말이 이제
우리도 짐을 싸서
집으로 돌아가야 한대.
할머니 할아버지
안 보고?
응, 그런 것 같아.

하지만, 기차역으로 가는 길에
할머니 할아버지를 보게 됐다.

해가 타는 듯했고, 너무 작은 모자는 해를
가려주기는커녕 땀만 더 나게 하는 날이었다.

저기 있다!
'다른 할머니 할아버지' 말이야!

할머니, 안녕하세요!
할아버지도 안녕하세요!

에밀리가 던진 인사가
돌멩이라도 되는 듯 할머니
할아버지는 뒤로 물러섰다.

신경쓰지
말거라.

느이 할머니 할아버지는 좀...
다른 분들이셔. 논쟁의 여지가 있는
생각을 가지고 계시지.
너들이 마음 쓸 필요 없다.

이건
무례한 거예요!

사람이 인사를 하면
같이 인사하는 거라고
아무도 안 가르쳐준
걸까요?

나한테는
인사하셨는데!

근데 왜 우리 인사는
안 받아주시지?

프티 아줌마는
할머니 할아버지가
왜 그러는지
알고 있죠?

오래전에, 할머니
할아버지는 아빠랑
크게 다투셨단다.

그럴 줄 알았어!

근데 왜
싸운 건데요?

어른이
이야기할 때는
끼어드는 거 아니다,
야엘!

지금
이야기해주려 하잖니.

할머니 할아버지는 아빠의
짝으로 미리 생각해둔
사람이 있었단다.

그래서 엄마 아빠의
결혼을 극심하게
반대하셨지.

반대하는 결혼을 강행한다면
재산을 물려주지 않겠다고
협박까지 했어.
고롱
고로롱

엄마가 뭐
잘못했어요?
고롱

전혀. 네
엄마에게는
아무 문제도
없었지.

뭔가 반대한
이유가 있을 거
아니에요!

만나보지도 않고
누군가를 미워한다는
건 말이 안 되잖아요!

엄마를 미워한 건
아니란다, 야엘.
그저...

자기 아들과 결혼시키고 싶어 하지 않았을 뿐이지. 그게 전부야.

그러니까 도대체 왜요?
대화는 도돌이표였을 거다. 프티 아줌마가 부드럽고 냄새나는 어떤 것 위로 미끄러지지 않았다면 말이다.

소똥이다!

우리는 개학을 기다렸다.
별로 기대되지는 않았지만.
1939년 9월 3일. 개학까지는
아직도 한 달이나 남아 있었다.
프티 아줌마는 소똥을 밟고 미끄러져
팔이 부러졌기 때문에, 저녁 식사는
우리 모두 같이 준비했다.

에밀리는 환생에 꽂혀 한 이야기를 또 하고, 또 했다.

그러니까, 만약 환생이 있다면 나는 말로 태어날 거야.

언니는 뭘로 태어나고 싶어?

똑바로 앉거라, 에밀리!

프티 아줌마는 우리 대화에 관심을 갖는 척도 안 했다.

생각해볼게.

한 번도 생각해본 적이 없는 건 아니었다.

유대교에서는 환생을 허용하지 않지만,
우리는 그다지 신실한 편은 아니었다.
게다가, 누가 알겠는가? 진짜 내가 원하는
존재로 다시 태어날 수 있는 기회가 주어질지.
시간에 쫓겨 아무거나 말하지 않으려면 답을
미리 잘 생각해두어야 할 것이다.

아직 생각이 정리되지 않았다.

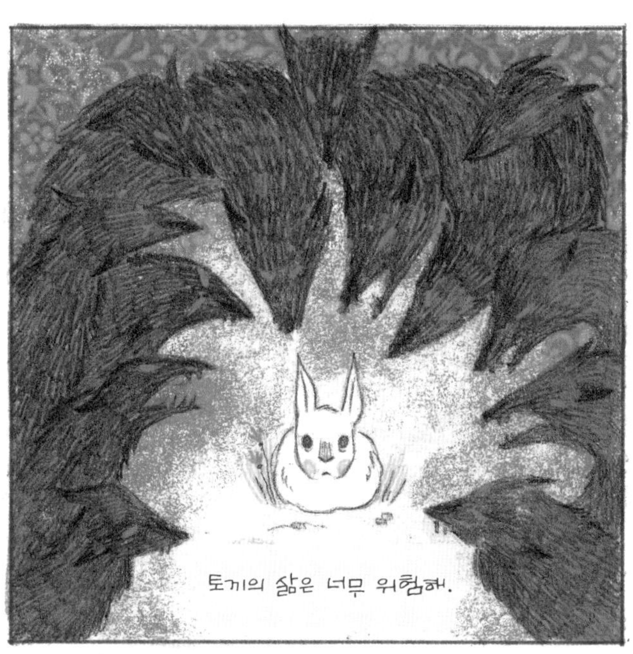
토끼의 삶은 너무 위험해.

고양이로 사는 건 단조롭고.

사자는 기회주의적이야.

바위로 태어나면
아무것도 못 느끼겠지?

나무는
지겨울 것 같고

달팽이는 너무 느려…

내 생각에
언니는...

쉬이이이잇!

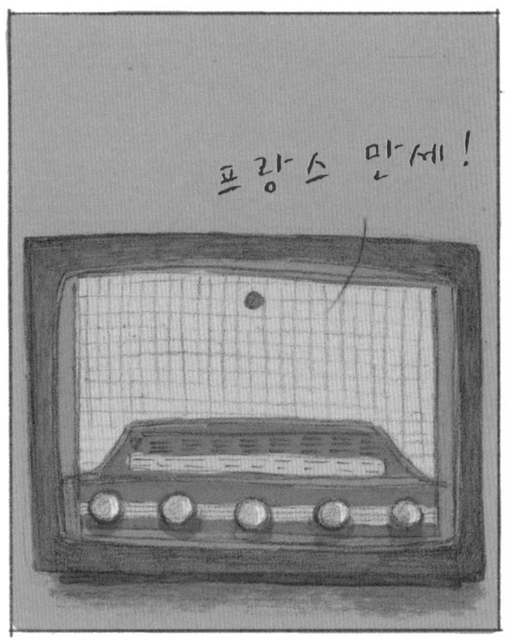
프랑스 만세!

딸깍

무슨 일이에요?
라디오에 나온 사람은
누구고요?

에두아르
달라디에
총리야.
이제
공식적으로...
전쟁이
시작됐구나.

* 벽보 : '일반 동원령', '국민들에게 고함'

* 기념비 : 조국을 위해 목숨을 바친
아이들을 추모하며

정말 많은 가족들이
우리와 똑같은 상황을 겪었다.
...거의 똑같은 상황을.

슬프게 훌쩍거리고 있기는 해도
집에 진짜 엄마랑 같이 있을 수 있는
아이들이 부러워서 견딜 수 없었다.
훌쩍

우웩!

둘 다
말 잘 듣고 있어야
한다.

경고 열차 조심
선로 무단 출입
통행 금지

아빠는 기차에 올라탔다. 기차는 쇠가 부딪치는 소리를 내며 떠났고 공중에선 수많은 모자와 손수건이 작별을 고하며 펄럭이고 있었다.
경고 열차 조심
선로 무단 출입
통행 금지

아빠가 떠나고,
나는 매일 밤 프티 부인과
라디오 뉴스에 귀를 기울였다.
독일군이 크라쿠프까지
진격했다.
프랑스군은 자를에서
공격을 개시했다.
아빠가 공격대에
소속되었는지는 알 수 없었다.
얼마 지나지 않아 아빠에게서
편지가 왔다. 아빠는 전투 지역에서는
멀리 떨어진 곳에 있다고 했다.
음식과 담배가 떨어져 가는
것 빼고는 괜찮다고,
상황이 정리되고 있으니 너무
걱정하지 말라고 했다.

그 달 말, 공산당이 불법
단체로 규정되었다.
간부들과 당원들은
처벌을 받았다.

베르나르 부인의 큰아들이
감옥에 갔다는 소식도 나중에야 들었다.

독일의 유태인들 생각이 났다.
만난 적도 없는
우리 엄마를 싫어하던
할머니 할아버지도.

새 학기가 시작됐다.
북쪽 도시에서 전학 온 친구가
세 명이나 되었다.
1939년 10월 9일 월요일

선생님이 바뀐 과목도 있었다.
원래 선생님이 전쟁터로
떠났기 때문이다.

원래 역사 선생님 대신 키가 작은
할아버지 선생님이 와서
길고 지루한 연설을 늘어놓았다.

'전쟁의 어려움을 이겨내기 위해 노력하는
가여운 엄마들을 도와야 한다',
'전선에서 싸우고 있는 영웅 같은 아빠들에게
생필품을 보내야 한다' 등등…

라디오에서는 '우리는 지그프리드 선으로 빨래를 널러 간다네'가 계속해서 흘러나왔다.
동생은 숙제를 하는 내내 콧노래를 흥얼거렸다.
우리는 지그프리드 선으로 빨래를 널러 간다네
프티 아줌마는 빨래를 널면서 휘파람을 불었다.
휘 휘 휘 휘 휘 휘 휘 휘 휘 휘
오펠리는 바느질을 하면서 노래를 따라 불렀다.
하얀 빨랫감을 들고...
덕분에 후렴 부분이 머릿속에서 계속 맴돌았다. 내 마음대로 멈출 수도 없는 노릇이었다.

불행히도 실패로 돌아간 히틀러 암살
계획이나 소련의 핀란드 침공을 제외하면
1939년은 큰 사건 없이 마무리되었다.
크리스마스 직전, 아빠가 돌아왔다.

아빠의 휴가는
단 5일뿐이었다.
마지노 요새로 다시 떠나기 전,
아빠는 전선에서 전투가 거의
없는 것이 걱정이라고 했다.

걱정이라는 것은 참 이상하다.

보통 누군가에게 무언가를 넘겨주면,
우리에게는 그것이 남지 않는 법이다.

하지만 걱정이라는 것은
그렇지 않다.

걱정은 아무리 나누어도 우리에게서
없어지지 않으니 말이다.
정말 이상한 일이다.

1940년
그 뒤로 이어진 몇 달은
길고도 비참했다.
아빠가 군대에서 받은 월급의 일부를
보내주었지만, 액수가 너무 적어서
매달 말에는 항상 버티기가 어려웠다.

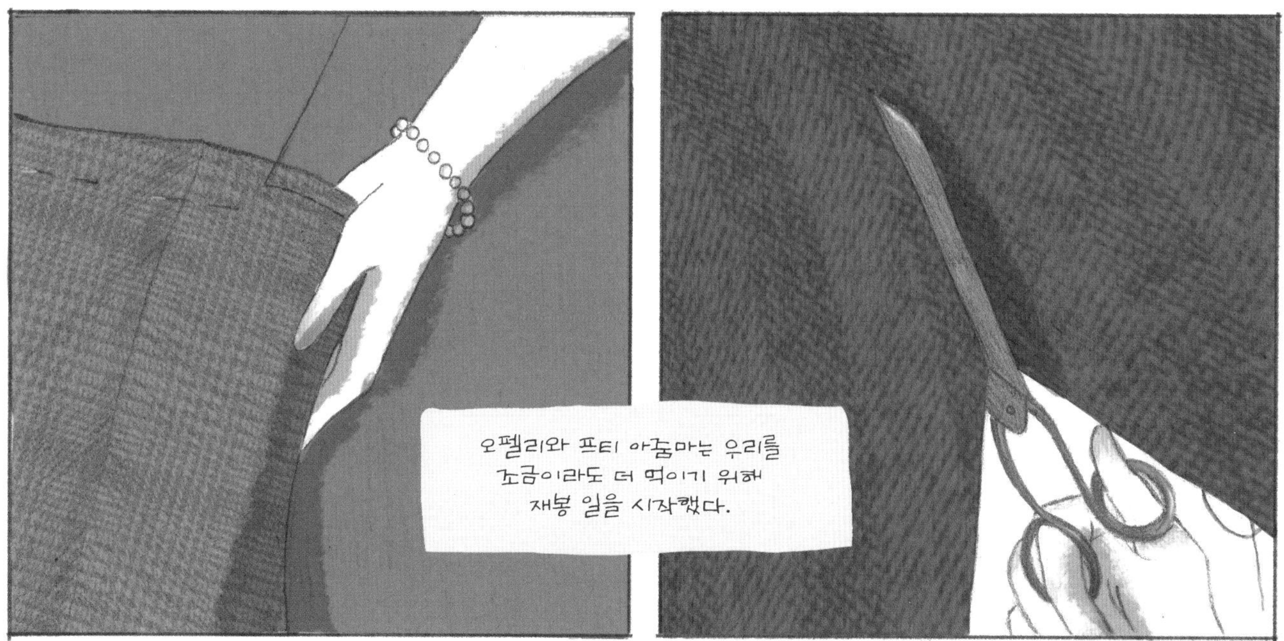
오펠리와 프티 아줌마는 우리를
조금이라도 더 먹이기 위해
재봉 일을 시작했다.

나탈리 고모는 주기적으로 우리에게 호사스러운 농작물 꾸러미를 보내주었다. 도시에서는 점점 더 많은 것들이 구하기 힘들어졌고, 모든 식품은 배급을 받아야만 했다.
Abricots

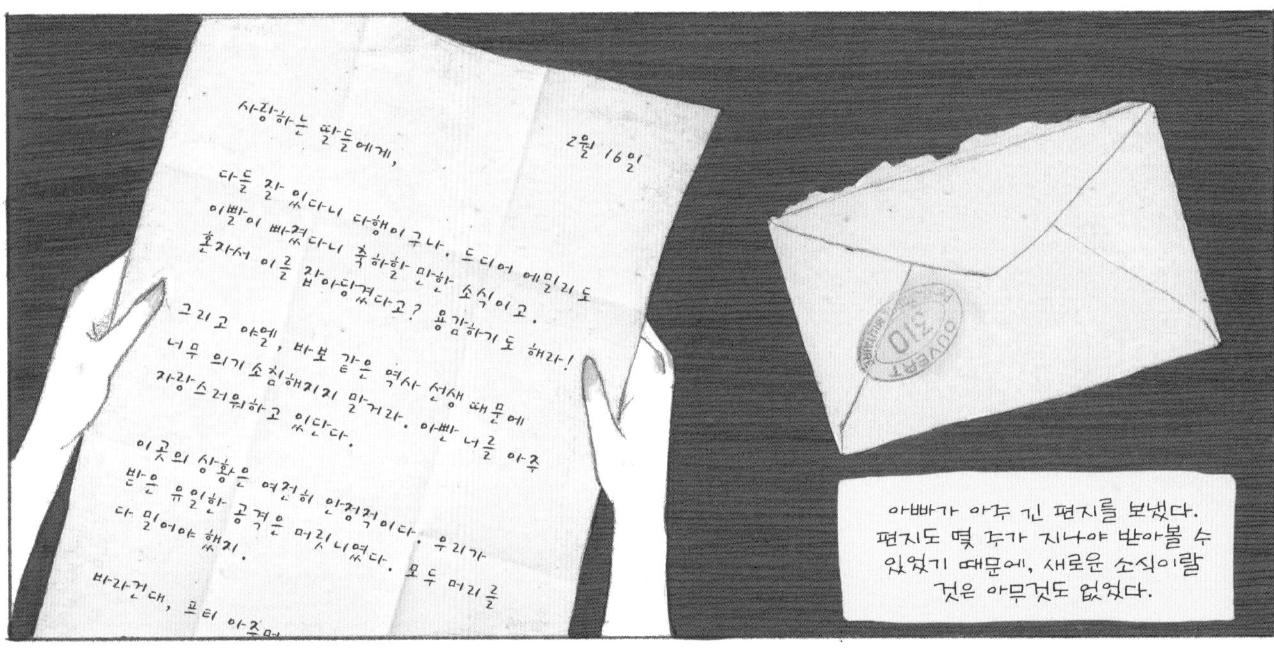
사랑하는 딸들에게,
2월 16일
다들 잘 있다니 다행이구나. 드디어 에밀리도 이빨이 빠졌다니 축하할 만한 소식이고.
혼자서 이를 잡아당겼다고? 용감하기도 해라!
그리고 야엘, 바보 같은 역사 선생 때문에 너무 의기소침해지지 말거라. 아빤 너를 아주 자랑스러워하고 있단다.
이곳의 상황은 여전히 안정적이다. 우리가 받은 유일한 공격은 머릿니였다. 모두 머리를 다 밀어야 했지.
바라건대,
OUVERT 310
아빠가 아주 긴 편지를 보냈다. 편지도 몇 주가 지나야 받아볼 수 있었기 때문에, 새로운 소식이랄 것은 아무것도 없었다.

5월이 되자, 모든 것이 바뀌었다.
독일 국방군이 북부 프랑스를 침공했다.

남쪽으로 피난 온 사람들이 거리를 가득 메웠다.
JOURNAU
LE FIGARO
아빠가 걱정됐다. 몇 달째 소식이 없었기 때문이다.
당시에 나는 《보물섬》을 읽고 있었다.
그 책을 읽는 동안 나치 깃발을 단 갤리선의 돛대에 매달려 있는 아빠를 상상했다.
북쪽에서는 사람들이 끝없이 내려왔다.
행렬이 영원히 끝나지 않을 것처럼.
6월 14일, 독일군이 파리를 점령했다.

그 후 며칠 동안
두 번의 공습 경보가 울렸다.
첫 번째는 가짜 경보였지만
두 번째는 아니었다.
안 돼...
아... 안 돼...

소피!
소피!
소피!
누군지 모르겠지만… 소피는
결국 모습을 드러내지 않았다.
비틀거리던 우리는 그 광경을 그저
멍하니 바라보았다.
살아 있다는 것이 얼마나 어려운 일인지,
죽는 것은 또 얼마나 쉬운 것인지에 대해 생각했다.

*페탱 만세! 프랑스 만세!

* '국가 혁명', '드골과 함께 낚시를',
'깨끗한 조국을 위해 – 유태인들도 쓸어버려야 한다.'

* '우리의 목표 | 인민에 의한 정의'
'유태인이기 전에 프랑스인이다'

10월 3일에 발표된 유태인 법령은 이랬다.

현행법 적용을 위해, 다음의 조건에 해당할 경우 유태인으로 간주한다.

- 세 명 이상의 조부모가 유태인이거나
- 두 명의 조부모와 배우자가 유태인인 경우

엄마는 항상 그랬다. 유대교
전통에서 아이들에게 종교를
전달해주는 건 항상 엄마들이라고.
그러면서 라틴어 문장을
하나 읊어주었다.

'MATER SEMPER CERTA EST.'
'엄마는 항상 확실하다'는
뜻이라고 했다.
...뭐가 확실하다는 건지는
알 수 없었다.

셰마 이스라엘, 아도나이 엘로헤이누, 아도나이 에차드...
나는 셰마 기도문쯤이야 술술 외우고 있었고,
하누카 촛불을 켜는 것도 좋아했다. (우리 집 촛대에는 아홉 개를 한꺼번에 꽂을 수 없었지만.)
얼른 열두 살이 되어 바트 미츠바를 치르고 진짜 어른이 되는 날만을 기다려왔다.
이래도 내가 유태인이라는 걸 증명할 수 없다고?
매일 기도문을 외운 건 아니고, 유대교 회당은 한 번도 안 가봤고, 하누카를 쉰 지도 조금 오래되기는 했지만...
당연히 너희는 유태인이지!
마음 깊은 곳부터 유태인이야. 비록 다행히... 법적으로는 아니지만 말이다.

법은 우리를 유태인으로
간주하지 않았지만, 기꺼이
우리를 유태인으로 인정해주는
사람들도 있었다.

에밀리는 이런 기가 막힌 말들에
일일이 반응했다.
유태인들은
해충이야!

말했잖니.
이게 다 유태인
때문이란다.

관리인 아줌마는 악성 루머를 퍼뜨리는 극성
반유대주의자였다. 그리고 그 남자애가
아들이었다. 진짜 피는 못 속인다는 말이 맞다.
CONCIERGE

시월 중순, 아빠가 제대했다.
덩케르크 전투 중에 한쪽 다리를
다치게 된 이야기를 들었다.

그다음엔 영국으로 배치되었다고 했다.
다른 영국, 프랑스 군인들과 다 같이.

운이 좋은 거라고 했다. 탈출하지 못한 동료
군인들은 독일 국방군의 포로가 되었으니.

아빠는 우스꽝스럽게 걸었다. 조금
비틀거리고, 많이 절뚝거리면서.

그래도 이제 아빠가 돌아왔으니
다 괜찮아질 것 같은 생각이 들었다.

우리는 일상으로 돌아왔다.
물론 전쟁이 나기 전과 같을 수는
없었지만, 그래도 아빠가 돌아왔으니
생활비 걱정은 없어졌다.

11월 말의 어느 저녁,
또 한 번 공습경보가 울렸다.

모두
밖으로 나가!

건물 사람들 모두가
헐레벌떡 계단을 내려갔다.

어떤 할머니는 두 팔을 들어 머리를
감싼 채로 가만히 서 있었다.

TEINTURERIE
MERCERIE
할머니, 폭탄은 푹 익은 자두가 아니에요.
나무에서 떨어진 자두에 머리카락이
좀 더러워지는 수준이 아니라고요.

하늘에서 떨어진 폭탄은
사람을 찌그러뜨릴걸요!

-라고 말하기엔 아빠가 너무…
급해 보였다. 사람이 그렇게
빨리 뛰는 건 처음 봤다.

내 앞에 있는 아줌마는 커다란 안경을 쓰고 있었는데,
안경 뒤로 빛나는 작은 눈이 꼭 커다란 어항 속에서
길을 잃은 물고기처럼 보였다.

나는 떨고 있었다.
야엘,
괜찮아질 거야.

다 괜찮습니다 ♪
다 괜찮습니다... ♫

우리가 숨어든 지하실은 볕이 거의 들지 않는 대피소였다.

한기가 느껴졌고, 겁이 났다.

네, 그렇겠죠. 다 괜찮습니다, 후작 부인.

습기와 어둠에 맞서 싸우는 전구 한 개의 노란 불빛에 비친 우리 얼굴은 괴롭고 고통스러웠다.

하지만 이 말, ♬
이 말을 드려야겠지만 ♪

♪ 아주 작은 애도를 표합니다, 후작 부인 ♪

신나는 유행가가 이렇게 장엄하게
들리다니 참으로 이상한 기분이었다.

작은 사고, ♪
불상사,
♪ 당신의 회색 암말의
죽음을 빼고는… ♪
그렇게 우리는 합창을 했다.

심장 박동만큼이나 짧은 순간이었지만,
노래는 공습경보, 폭탄, 그리고 우리의
두려움을 저 멀리 날려 보내주었다.
'후작 부인, 그것만 빼면
다 괜찮습니다.'라는 노래 가사처럼...

1941
1941년이 되자, 우리가 '유태인인지 아닌지'가 중요한 문제가 되었다.
JOURNAUX
LE FIGARO
L'Auto
L'OEUVRE
Le Matin
L'ECHO D'ALGER
LE PETIT MARSEILLAIS

6월 2일, 유태인에 대한 두 번째 법령이 발표됐다. 이에 따르면 유태인은 '유대교를 믿거나 1940년 6월 25일을 기점으로 증조부모 중 두 명이 유태인인' 사람이었다.
CAFE

같은 날 발표된 또 다른 법령에 따르면, 아빠는 우리가 유태인이라는 사실을 증명하기 위한 서류도 제출해야 했다.
신문에 이 소식이 나온 건 6월 14일인데, 그때까지만 해도 아빠는 아무것도 신고하지 않아도 될 거라고 생각했다.

그냥 애들이잖아!

어린 애들일 뿐이라고!

LES PETITES ANNONCES

잠이 안 오던 어느 날 밤, 나는 아빠와
오펠리가 나누는 이야기를 들었다.

오펠리는 만약 자진해서 신고하지 않으면,
언제든 우리 모두 반역자로
몰릴 수 있을 거라고 말했다.

제라르, 만약 누가 우리를 경찰에 고발이라도 하면, 아이들을 붙잡아 북쪽 점령지에 있는 그런 수용소로 보낼 거예요. 그런 일이 일어나게 둘 수는 없어요.

수용소라면
남쪽에도 있지.

하지만 자진 신고를
하면 애들을 안
데려간다고
어떻게 확신할
수 있소?

명단을 손에 쥐어주면
언제든 잡아가라고 하는 꼴이라고!

쉿! 목소리 좀 낮춰요.
애들이 자고 있잖아요.

맞아요. 그들이 그런 일을
저지르지 않을 거라고
보장할 수는 없겠죠.

하지만 한 가지는 확실해요. 만약 당신이 법을 따르지 않으면, 당신을 감옥에 가둘 거라는 거요.

뚜렷이 명시되어 있잖아요. 유태인이 아니라고 간주되려면, 국가가 인정한 다른 종교에서 신도로 인정받아야 한다고요.

하지만 그건 불가능하죠.

말했지만, 이미 아이들에 대해 알고 있는 위협적인 사람들이 너무 많으니까요.

다음 날, 아빠는 관할 경시청에 신고서를 제출하러 다녀왔다.

1941년은 내게 "작은 친구"가 찾아온 해이기도 하다.
프티 아줌마랑 오펠리는 나한테 "양귀비 꽃이 피어났다"고 했지만.
ENÇALE
CIVETTE DU BEFFROI
BAR - TABACS
MAISON MARTIN
CLASSIQUE COUSU MAIN
CHAUSSUR
LIBRAI
에밀리와 나는 똑같은 느낌이었다.
우웩! 토할 것 같아!
PIEDS SENSIBLES

언니가 그런 거야?

모르겠어. 아닌 것 같은데…
그냥 울어버리고 싶었다.

심각한 병
아니야?

나도 모르겠어.
프티 아줌마한테
물어보자!

쾅!

문을 확 열어젖혔다고
프티 아줌마한테 혼이 났지만
왜 우리가 소란을 피웠는지 알게 되자
아줌마는 금세 화를 누그러뜨렸다.

달, 고무줄, 복통에 대한 이야기를
한참 늘어놓던 아줌마는
이렇게 연설을 마쳤다.
넌 이제 더 이상 어린이가 아니란다. 항상 조심해야 해. 무슨 말인지 알지?
...사실 전혀 이해할 수 없었지만
최선을 다해 고개를 끄덕였다.

1941년은 외할머니 외할아버지와 벤 삼촌이
스페인으로 망명을 떠난 해이기도 하다.
외할아버지는 아빠에게 편지를
보냈는데, 에밀리와 나도 돌보아줄
수 있으니 "정신이 맑아지거든"
우리를 스페인으로 보내라고 했다.
아빠와 오펠리는
심각한 고민에 빠졌다.
우리를 보내기엔 몇 가지
문제가 있었다...

우선, 국적 문제가 있었다.
우리에겐 스페인 여권이 없었다.
외삼촌과 외할머니, 외할아버지는 스파라드 유태인이라 스페인 여권을 발급받을 수 있었지만.

게다가, 편지 봉투에 적힌 주소인 지로나까지 이동할 수 있는 방법도 확실치 않았다.

아빠의 재혼 이후 껄끄러워진 아빠와 외삼촌 사이도 좀 그랬고.
CHAPELLERIE
CHEMISERIE

몇 년 만에 온 이 편지는 엄마의
가족들에게서 공식적으로 온 첫 연락이었다.

그전에는 등굣길에 몰래
벤 삼촌을 만나는 것이 전부였다.
프티 아줌마 없이 우리끼리
다니게 되면서부터,
삼촌은 길목에서 우리를 기다렸다.
어떨 때는 선물을 주기도
했고, 어떨 때는 빈손으로
오기도 했다.

선물이 있든 없든,
우리는 삼촌을 만나는 것이
너무 좋았다.

매번 비밀스럽고 짧은
만남이었지만.

한번은, 삼촌이 외할머니
외할아버지를 모시고 왔다.
너무 나이가 들고
지쳐 보이는 모습이었다.
그래도, 우리에게는
친절하게 대해주셨다.

두 분은 우리를 보고 감동을 받은
것처럼 보였다. 할머니의 목소리는
말을 할 때마다 갈라졌고,
할아버지는 좀처럼 보기 힘든
미소를 지어 보였으니까.

마침내, 아빠와 오펠리는 우리를
스페인으로 보내는 것이 아주
복잡하다는 결론을 내렸다.
정말 상황이 위험해진다면
우리를 나탈리 고모 집에
데려가기로 결정했다.

1942년 8월 26일
돌이켜 생각해보면,
아빠가 우리를 스페인에
보내는 게 좋았을 것 같다.
그랬다면 지금 이렇게
에밀리와 내가 커튼 뒤에
숨는 일은 없었을 테니.
BEURRE · ŒUFS · FROMAGES
CRÈME FOUETTÉE
그날 아침, 우리는 프티 아줌마와
함께 우유 배급 줄에 서 있었다.

돌아가려는데, 불안해 보이는 어떤
아저씨가 우리에게 달려와서는
오른쪽 눈을 떨면서 말했다.
BUVETTE DE AMITIÉ
우리더러 얼른 집에 가서 숨어야
한다고, 경찰들이 길에 돌아다니는
유태인들을 다 체포한다고 했다.

아주 진지한 말투였다.
CONCIER

근데 누구예요?

나도
모르겠구나.

금방 돌아오마.
아빠에게 연락을
해야 할 것 같다.

COIFFEUR
FRUITS
오펠리가 자기 부모님을 보러
아침 일찍 집을 나선 날이었다.

아빠는 일하러 가셨으니

집엔 나와 에밀리 둘만
남겨졌다는 말이다.

겁이 났지만, 동생에게
티를 내고 싶지는 않았다.
LAIT

체포가 무엇을 뜻하는지
잘 알고 있었다.
독일이 점령한 북부 프랑스에서는
수천 명의 유태인 가족들이 체포되었다.
대부분 동유럽에서 온 사람들이었다.
DR

Juif

그들에게 무슨 일이 일어났는지는 알 수 없었다.
하지만 다시 돌아온 사람이
아무도 없었다는 것만은 확실했다.
LAIT PAS

이십 분 정도 흘렀을 때,
땀범벅이 된 프티 아줌마가
문을 열고 들어왔다.

아빠를 만나지
못했단다.
내가 도착하기
직전에 병원을
나가셨다고
하더구나.

점심 식사를 하러
가셨을 거야.
자, 우리도 뭘
좀 먹고, 편하게
집에서 있자꾸나.
다 괜찮을 거다.
두고 보렴.

지금 나는 커튼 뒤에 있다. 다 괜찮아질 거라는 말은 프티 아줌마도 믿고 있지 않을 거다.
내가 에밀리에게 엄마는 돌아가시지 않을 거라고 이야기한 것과 비슷한 거겠지.
사람들은 왜 상황이 최악으로 치달을수록, 희한하게도 모든 것이 괜찮아질 것처럼 행동하는 걸까?

아파트로 들어서는
발걸음 소리가 들렸다.
쉿소리가 나는 목소리도.
화가 많이 난
목소리였다.

부인, 애들이
어디 있는지
당장 말하시오.
안 그러면 당신도
잡아갈 수밖에
없소.

내 옆에 붙어 있던
에밀리의 눈이 커졌다.
굵은 눈물 방울이 에밀리의
볼을 타고 흘러내렸다.

이 양반이… 몇 번을 말해요!
애들은 지금 집에 없다고요!

"경관님"이라고
부르시오.

부인 말을
믿기가 어렵소만.
아이들이 건물로 들어오는 걸 본 사람은
있는데, 나가는 걸 본 사람은 없거든.
CONCIERGE
낙하 훈련이라도 받은
게 아닌 이상, 아직
아파트 어딘가에 있다는
말이겠지.
글쎄, 부엌에도 없고
이 방에도 없다니까요!
또 다른 목소리다.
좋아, 꼬맹이들아!
숨바꼭질
해보자 이거지!
이미 화가 나 있는걸...
절대 나갈 수 없어.
당장 튀어나오지 않으면
아저씨가 화낸다!
제기랄...

가만히 있었다.

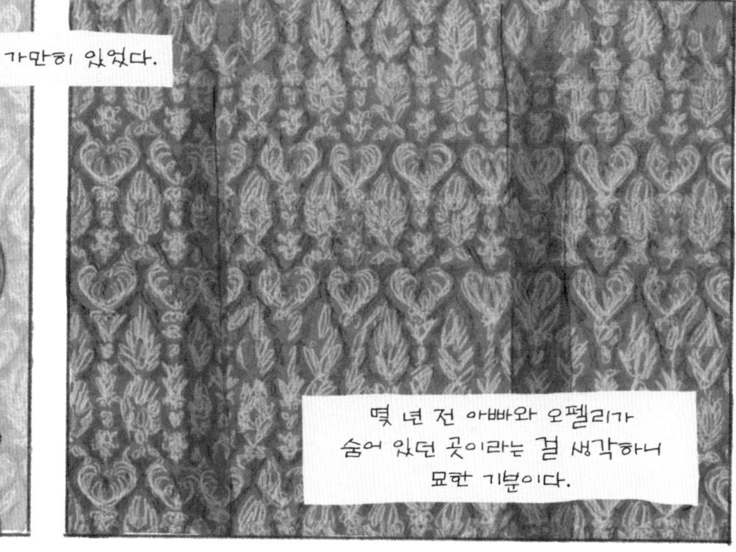
몇 년 전 아빠와 오펠리가
숨어 있던 곳이라는 걸 생각하니
묘한 기분이다.

역할이 바뀌었을 뿐.
난 더 이상 술래가 아니다.
프티 아줌마가
성질을 내는 소리가 들린다.

당신들 도대체
무슨 권리로 내 집을
엉망진창으로
만드는 거야!!!
당장
조용히 하지 않으면
부인 먼저
연행하겠소!
이 못돼 처먹은
부역자 같으니라고!

우리는 그저 맡은 일을
할 뿐이오.
우리 집에 침입한
끔찍한 생각들이
너무도 많아서

판도라가 멀쩡했더라도
이것들을 모두 담아내기엔
역부족일 것 같았다.

발소리가 가까워진다.
바로 옆방에 누군가가 들어왔다.
아빠와 오펠리의 방이었다.
미치겠구만! 이것들 도대체 어디 숨은 거야?
물건들이 바닥에 떨어지는 소리가 난다.
서랍 위에 놓인 우리 사진 액자겠지. 처음엔 엄마가, 나중엔 오펠리가 정성스레 보관했는데.

엄마…
머릿속에선 이상하게도 엄마 얼굴이 오펠리의 얼굴 위에 겹쳐 보였다.
머리카락 색, 그리고 엄마 특유의 표정은 아직도 생생하다.
하지만 눈과 입이 어땠는지는… 가물가물하다.
머릿속 모든 것이 희뿌예졌다.

엄마 눈에도
웃음기가 있었나?

오펠리의 눈에서도
웃음이 사라진 지
오래된 것 같다.

오늘 아침 인사를 나눌 때 오펠리의 입은
웃고 있었지만, 눈은 웃지 않았다.

생각처럼 모자란
사람은 아니었던 것 같다.
여기도
없습니다!

문이 열린다.

손님 방의 문이다.

우리가 숨어 있는 방.

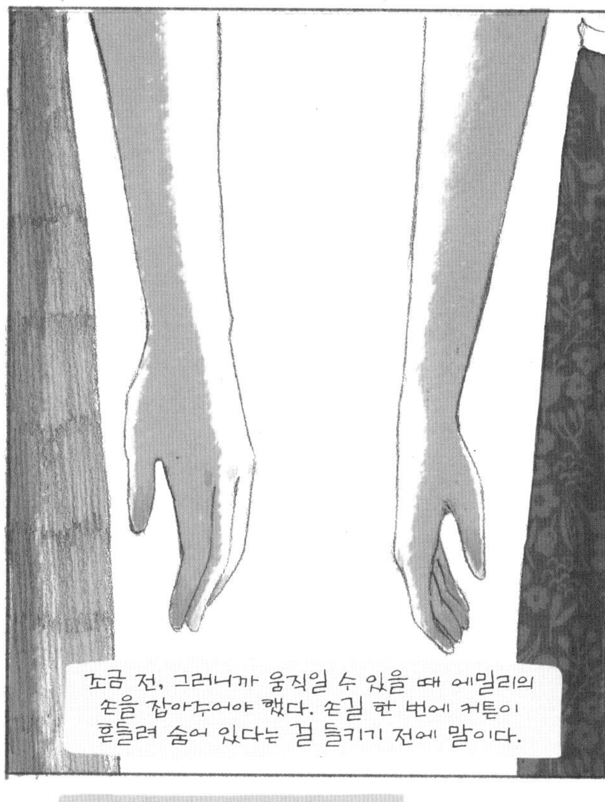

경찰관은 쿵쿵거리며 기분 나쁜 소리를 낸다.

아줌마는 조용하다.

아직 집 안에 있는지, 아닌지도 모르겠다.

경찰관의 숨소리가 점점 거칠어졌다.

마치 지구에 남은 유일한 존재가 된 기분이다. 커튼 뒤에 숨은 에밀리와 나, 그리고 씩씩거리는 저 경찰관.

갑자기 그런 생각이 든다. 만약 내가 죽으면, 엄마를 다시 볼 수 있겠지?

만약에 죽어서 엄마를 다시 만난다면, 더 이상 오펠리와 헷갈리지 않겠지. 닮은 구석이라고는 없는… 잊어버렸던 엄마의 눈동자와 입매를 다시 떠올릴 수 있겠지.

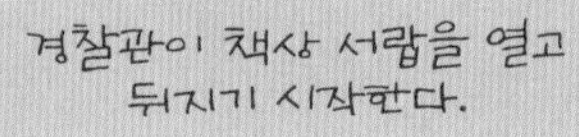
경찰관이 책상 서랍을 열고 뒤지기 시작한다.

우리가 저기 들어갈 만큼 작다고 생각하는 건 아니겠지?

그런데 내가 죽으면, 아무도 못 보겠지?
아빠도,
프티 아줌마도,
벤 삼촌도,
쥘리앙도,
할아버지 할머니도,
고모랑 고모부도,
오펠리도…
모두 다 죽기 전까지는…

"악마 같은 것들!"
경찰관이 무언가 무거운 것을
바닥에 집어 던지며 소리친다.
만약에 다시 태어난다면?
갑자기, 답이 떠올랐다.
명확하고 분명하게.
전에는 왜
이 생각을 못 했을까?
이렇게 간단한데...

다시 태어난다면,
나 자신으로 태어나고 싶다.

갑자기, 커튼이 열린다.

역사적 배경

이 책은 야엘이라는 소녀의 이야기입니다. 1930년대 후반과 1940년대 초반에 걸쳐 프랑스 남부에 있는 프로방스라는 곳에서 일어난 일이죠. 야엘이 사는 도시의 이름은 정확하게 등장하지 않습니다. 엑상 프로방스일 수도 있고, 아비뇽일 수도 있으며, 어쩌면 마르세유일지도 몰라요. 야엘의 이야기가 보편적으로 일어난 일이라는 것을 강조하고 싶어 도시 이름을 밝히지 않았어요. 야엘은 한 살 한 살 나이를 먹으면서 생각이 자라나고, 자신을 둘러싼 세상이 변하고 있다는 것을 알게 됩니다. 1940년 여름부터 프랑스는 더 이상 자유 국가가 아니었어요. 명목상 프랑스 의회가 남아 있기는 했지만, "추후 공지가 있을 때까지 휴전 상태"에 놓여 있었지요. 나치에 협력하여 새로운 정부를 수립한 필리프 페탱 원수는 절대적인 권력을 행사했어요. 신문은 검열을 받았고, 프랑스 정부의 모토인 '자유, 평등, 우애'는 '노동, 가족, 조국'으로 대체되었습니다. 종교의 자유는 더 이상 보장받을 수 없었어요. 드레퓌스 사건이 터진 지 반세기가 지난 후, 프랑스는 다시 한번 두 개로 갈라졌습니다. 지난한 반유대주의가 비시의 페탱 정부에 의해 다시 한번 드러났고, 제3제국의 압력에 의해 자극을 받았습니다.

1939년, 자유 지대에서도 유태인 체포와 수용소 구금이 시작되었습니다. 처음에는 외국 국적의 유태인들을 대상으로 했지만, 점점 프랑스 시민권을 가진 유태인들도 위험해지기 시작했어요. 원칙보다는 국민들의 반발을 두려워했던 페탱은 프랑스 국적의 유태인들을 체포하는 것에 반대하는 입장이었습니다. 1942년, 프랑스 내의 수용소들은 더 이상 구금 목적으로 사용되지 않았어요. 나치가 직접 관할하는 수용소로 보내지기 전 머무르는 환승 공간이 된 것입니다. 비시 정부가 관리하던 프랑스 남부 수용소에서는 수감자들을 직접 죽이지는 않았습니다. 하지만 수용소 상황이 매우 열악했기 때문에, 많은 사람들이 죽음에 이르렀어요. 76,000명의 유태인들이 프랑스 정부 관할 수용소에 수감되었는데, 그중 어린이들의 숫자는 11,000명에 이릅니다. 살아 돌아온 사람들은 2,500명에 불과했습니다.

용어 설명

유태인의 지위에 관한 최초의 법률

1940년 10월 3일, 비시 정권에 의해 공포된 법입니다. 이 법은 자의적인 기준에 따라 '유태인 인종'을 정의하고 국가 원수를 포함하여 유태인이 수행할 수 없는 직업을 나열했습니다. 정부 구성원, 대법관, 대법원장, 총독, 학교 교사, 군 장교 또는 영장 담당자, 순수 학문 분야가 아닌 분야의 잡지 편집자나 작가, 영화 제작자, 극장 또는 영화관 관리자, 라디오 방송과 관련된 모든 사업체의 관리자. 공무원을 주 타깃으로 한 법률이었기 때문에, 2,900명 정도의 공무원들이 직장을 잃었습니다. 그러나 이때까지만 해도 법률을 실행하기 위한 정부가 존재하지 않았기 때문에, 해당 법률은 유태인들에게 스스로 신고할 것을 요구하지 않았습니다.

유태인의 지위에 관한 제2법

1941년 6월 2일에 제정되어 비시 정권에 의해 공포된 법으로, 이전 법을 대체하고 '유태인 종족'에 대한 새로운 법적 정의를 만들었습니다. 또한 금지된 직업 목록이 확대되었습니다. 이 목록에는 대사, 은행원, 광고 또는 부동산 중개인, 상점 주인 등 다양한 직업이 포함되었습니다. 이 새로운 법은 약 15,000명의 프랑스 유태인과 그에 못지않은 수의 외국인에게 적용되었습니다.

바트 미츠바('계명의 딸')

만 12세에 치르는 유태인 소녀의 성인식입니다. 남자아이 성인식에 해당하는 바르 미츠바('계명의 아들')는 소년이 만 13세가 되는 해에 거행됩니다. 유태인 자녀는 성인이 되면 자신의 행동에 도덕적 책임을 지는 것으로 간주되며, 공식적으로 공동체 활동에 참여할 수 있습니다.

샤를 드골(1890-1970)

릴의 중상류층 가톨릭 가정에서 태어난 드골은 군인의 길을 걸었습니다. 1차 세계대전 중 여러 차례 부상을 입었고, 1940년 프랑스 전투에서 장군이 되었습니다. 그는 독일과의 휴전을 거부하고 런던으로 피신한 뒤 1940년 6월 18일 "무슨 일이 있어도 프랑스 저항의 불꽃은 꺼져서는 안 되며, 결코 꺼지지 않을 것이다. 내일도 오늘처럼 나는 런던에서 라디오 방송을 할 것이다."라는 유명한 저항 촉구 방송을 내보냈습니다. 영국으로 망명한 그는 프랑스 땅에서 독일 침략자들에 맞서 싸우는 무장 자원 봉사자들로 구성된 '자유 프랑스'를 이끌었습니다. 1943년, 드골은 프랑스 민족해방위원회의 지도자가 되어 1944년 프랑스 공화국 임시 정부를 이끌었고, 파리 수복 후 프랑스로 귀국했습니다. 1958년 드골은 프랑스

5공화국을 선포했습니다. 1959년 프랑스 대통령으로 선출되었고, 1962년 알제리 전쟁을 종식시켰습니다. 1965년 두 번째 임기를 시작했지만 68년 5월 운동의 압력으로 1969년 사임했습니다.

셰마 이스라엘('이스라엘아, 들으라')

유대교 전례에서 가장 중요한 기도 중 하나입니다. '이스라엘아, 들으라, 여호와는 우리의 하나님이시요, 주님은 하나이시니(셰마 이스라엘, 아도나이 엘로헤이누, 아도나이 에차드)'라는 첫 구절은 유대교의 유일신교적 본질을 담고 있습니다.

가짜전쟁(1939년 9월 3일-1940년 10월 10일)

나치가 벨기에, 네덜란드, 룩셈부르크를 침공하면서 종결된 프랑스와 독일 간의 암묵적 휴전 시기를 말합니다. 별다른 사건 없이 전쟁 시늉만 내던 이 시기의 분쟁을 두고 영미권에서는 보어 전쟁에 빗대어 '보어한 전쟁(따분한 전쟁)'이라는 말장난이 생겨나기도 했습니다.

에두아르 달라디에(1884-1970)

프랑스 정치인이자 급진 사회주의자 보클루즈 출신의 국회의원으로, 1936년부터 1937년까지 레옹 블룸 총리 밑에서 국방부 장관을 역임했습니다. 1938년 총리로 임명되어 1945년까지 프랑스 정부를 이끌었습니다. 1942년 블룸과 마찬가지로 비시 정부에 의해 체포되어 독일로 추방되었습니다.

하누카('봉헌제')

빛의 축제 또는 봉헌제라고도 불리는 유태인의 가을 축제. 히브리어 경전에서 유래한 다른 유태인 명절과 달리 하누카는 기원전 168년 이스라엘에서 일어난 역사적 사건을 기념하는 날입니다. 예루살렘의 제2성전이 부분적으로 파괴된 후 대제사장의 인장이 찍힌 작은 기름병 하나만 온전한 채로 발견되었습니다. 그 안에는 메노라(성전에서 사용하는 일곱 개의 촛대)를 하루 동안 밝힐 수 있는 양의 기름만 들어 있었지만, 촛대는 8일 동안 계속 타오르며 더 많은 봉헌 기름을 확보할 수 있었습니다. 유태인들은 매년 8일 밤 연속으로 여덟 개의 촛불을 켜는 것으로 이 기적적인 봉헌을 기념합니다.

카디쉬

13세 이상의 유태인 남성 10명 이상이 참석한 가운데 낭송하는 유태인 기도문입니다. '카디쉬'라는 용어는 일반적으로 상주의 카디쉬를 가리킵니다.

르 마탱(1882-1944)

혁명적인 '미국식' 간행물로 시작했지만 곧 부패 스캔들에 휘말리게 된 신문입니다. 전간기에는 반유대주의 강경 우파로 치우쳤고, 나치 점령기에는 친독일, 친비시 기조를 빠르게 채택했습니다. 프랑스 해방 이후 발행을 중단했습니다.

레옹 블룸(1872-1950)

극우와 반유대주의 언론의 빈번한 표적이 되었던 유대계 프랑스 정치인이자 문학평론가입니다. 블룸은 드레퓌스 사건 이후 정치에 입문하여 장 조레스가 이끄는 사회당에 입당했습니다. 그는 인민전선 소속으로 1936년부터 1937년까지와 1938년 잠시 동안 총리를 역임했으며 일련의 노동 개혁을 주도했습니다. 1943년, 비시 정부의 적으로 체포되어 부헨발트로 추방되었으나 풀려난 후 프랑스 제4공화국 초기(1946-1947년)에 프랑스 정부를 이끌었습니다.

마지노 요새

독일의 2차 침공을 막기 위해 1928년부터 프랑스와 독일 국경을 따라 건설된 요새입니다. 덩케르크에서 니스까지 확장되었지만 몇 군데 빈 구간이 있습니다. 요새 축조 아이디어를 낸 국방부 장관 앙드레 마지노 이름을 따서 명명되었습니다.

"우리는 지그프리트 라인에 빨래를 걸 거야"

지미 케네디와 마이클 카가 작곡한 가짜전쟁을 다룬 아일랜드 노래로, 독일군의 행진곡을 모방한 멜로디가 특징입니다. 레이 벤츄라와 레 콜레지앙이 커버하고 폴 미스라키가 불어로 가사를 번역한 이 노래는 전선에서 영국군과 프랑스군 모두 불렀을 정도로 큰 성공을 거두었습니다. 가사에 언급된 지그프리드 전선은 마지노 요새와 유사한 방어 요새로, 1차 세계대전 당시 독일에 건설되어 2차 세계대전 중에도 사용되었습니다.

필립 페탱 (1856-1951)

1차 세계대전 후 '베르됭의 사자'로 알려진 프랑스 장군으로, 많은 프랑스인이 국가적 영웅으로 여겼습니다. 참전 기록 덕에 페탱은 1940년 폴 레이노 정부에서 부총리 직책을 맡게 되었습니다. 같은 해 프랑스가 패전한 후 페탱은 독일과 휴전 협정을 체결하고 비시에 새 정부를 수립했습니다. 그는 절대 권력을 부여받고 '일, 가족, 조국'을 모토로 협력주의, 민족주의, 반유대주의 정권을 이끌었습니다. 전쟁이 끝나자 페탱은 반역죄로 유죄 판결을 받고 사형을 선고받았습니다. 하지만 당시 임시 정부의 수장이었던 샤를 드골은 독방 감금 종신형으로 감형을 해주었고, 페탱은 죽을 때까지 일 드 외의 피에르-르베 항구에서 수감 생활을 했습니다.

1942년 8월 26일의 체포

7월 16일과 17일에 걸쳐 나치 지배하 파리에서 이루어진 악명 높은 '벨 디브' 검거 이후 약 한 달이 지난 시점에, 비점령지 전역에서 프랑스 경찰이 유태인들을 대량 체포했습니다. 6,500명 이상의 외국인 및 무국적 유태인이 체포되었으며, 그중에는 수백 명의 어린이가 포함되었습니다. 이 사건은 프랑스의 유태인 추방에 전환점이 되었습니다. 사람들이 추방의 규모를 알게 되었고 여론은 정부에게 불리하게 돌아섰습니다. 체포된 사람들은 먼저 드랑시 수용소로 이송된 후 아우슈비츠로 이송되어 대부분 즉시 몰살당했습니다.

스파라드 유태인

15세기 후반 카스티야의 이사벨라 1세와 아라곤의 페르디난드 2세에 의해 추방될 때까지 스페인과 포르투갈에 세워진 유태인 공동체를 일컫는 말입니다. 이들은 주로 지중해 유역을 중심으로 피신했으며, 일부는 발칸 반도에 정착하여 현지 유태인 인구에 의해 받아들여졌습니다. 유대-스페인어 또는 라디노어로 알려진 이들의 언어는 여전히 전 세계 스파라드 유대 공동체에서 사용되고 있습니다. 이들은 중서부 유럽에서 오랫동안 정착한 이디시어를 사용하는 집단인 아쉬케나지 유태인과 함께 가장 큰 유태인 인구 중 하나입니다.

"다 괜찮습니다, 후작 부인"

1938년 폴 미스라키가 작곡하고 레이 벤투라와 레 콜레지앙이 부른 프랑스 노래입니다. 이 아이러니한 가사는 여행 중인 후작 부인이 집안의 안부를 묻기 위해 전화를 걸었다가 하인들로부터 회색 암말이 죽고 저택은 불에 탔으며 후작은 전 재산을 잃고 자살했다는 소식을 듣게 된다는 이야기입니다. 하지만 하인들은 '그것만 빼면, 후작 부인, 다 괜찮습니다'라고 그녀를 안심시킵니다. 이 표현은 곧 비극적인 상황을 인정하지 않는 맹목적인 거부의 대명사가 되었습니다.

독일 국방군

1935년 독일 군대의 공식 명칭으로, 육상군, 해군, 공군으로 구성되었습니다. 나치 정권하에서 독일군은 별도의 위계질서를 가진 국가주의 민병대인 슈츠슈타펠(친위대)와 함께 존재했습니다.

자유 지대

1944년 연합군에 의해 프랑스가 해방될 때까지 페탱 원수의 비시 정권이 지배한 프랑스 남부의 영토를 부르는 말입니다. 1942년 11월, 자유 지대는 나치에 의해 침공되었고, 나치는 자유 지대를 완전히 장악하여 꼭두각시 정부를 세웠습니다. 이후 이 지역은 "남쪽 지역"으로 불렸습니다.

점령 지대

1940년 독일군이 침공한 프랑스 북부의 영토를 일컫는 말입니다. 1942년 나치가 자유 지대였던 지역을 점령한 후 '북쪽 지역'으로 이름이 바뀌었습니다. 1943년 이탈리아의 항복으로 독일에 합병되기 전까지 이탈리아 점령하에 있던 알프스 산기슭의 프랑스 남동부 일부 영토도 따로 존재했습니다.

작중의 노래에 관해서

27쪽에서 거리의 악사가 부르는 노래는 샤를 트레네의 〈메닐몽탕〉(1938년)을 번역한 곡입니다.

76쪽의 〈지그프리트 라인에 빨래를 널 거야〉는 지미 케네디가 2차 세계대전 초기(1939년) 대위 시절에 쓴 곡입니다.

94-96쪽에 있는 노래는 폴 미스라키(1935)의 〈다 괜찮습니다, 후작 부인〉을 번역한 곡입니다.

그들은 이제 이 모든 말들이 헛된 것이라고 말한다.
오직 사랑 노래만이 후렴의 가치가 있다고,
역사책에서 피는 금방 마른다고,
기타를 치는 건 아무 소용이 없다고.

하지만 누가 무슨 노래를 불러야 한다고 정해준다는 것인가?
어둠은 인간의 형태를 취하고, 여름은 봄을 따르는 법.
말을 비틀어야 한다면 기꺼이 내 말을 비틀어 버리리라.
언젠가 아이들은 당신이 누구인지 알게 될 것이니.

장 페라, <밤과 안개>

감사의 말

이 책은 밀라노의 유럽 디자인 스튜디오에서 3년 동안 일러스트레이션과 애니메이션을 공부한 후 수행한 논문 프로젝트에서 시작되었습니다.

여러 사람의 도움 덕분에 이 책이 나올 수 있었으며, 이들에게 깊은 감사를 표하고 싶습니다.

특히 제 논문 지도교수인 마시모 지아콘 교수님과 발타자르 파가니 교수님이 내어주신 시간과 관심, 그리고 최고의 논문 조교 가브리엘의 도움에 감사의 마음을 전합니다. 팬데믹으로 인해 불확실성이 가득한 상황에서 시행된 봉쇄령 속에서 이루어졌던 우리들의 회의는 한 줄기 밝은 빛이었습니다.

제 원고를 가장 먼저 읽어주시고, 작업 과정에서 가장 스트레스가 많았을 때 저를 지지해주고 참아준 모든 가족과 친구들(부모님과 여동생 안나, 조부모님, 리자, 안토니오, 많은 숙모와 삼촌들)에게도 감사드립니다.

프랑스어 번역을 다듬는 데 인내심을 갖고 세심하게 도와준 가족들, 특히 알렉상드르와 줄리에게 감사의 말을 전하고 싶습니다.

특히 네 분의 조부모님(아직 저희 곁에 계시지만 이 책을 읽지 못하실 분들)께 진심으로 감사드립니다. 그들의 이야기 덕에 허구의 요소를 차용하고 혼합하여 작업을 할 수 있었어요. 책이 완성될 때까지 줄거리에 대해 함구해주시고 신진 역사학자로서 소중한 조언을 해준 조르지오에게 감사드립니다. 이 이야기가 어떤 방향으로 흘러갈지 알기도 전에 제 원고를 읽고 의견을 제시해 준 아리아나 바이로에게도 감사를 표합니다.

역사에 대한 탁월한 지식으로 이야기를 구성하는 데 도움을 준 역사학자 파비오 베리오에 대한 감사도 잊지 않고 있습니다.

훌륭한 교수님들을 채용해 주신 IED 밀라노 대학교에도 감사드립니다. 교수님들이 아니었다면 이 책은 나올 수 없었을 것입니다.

친절하고 귀중한 도움을 건네 준 스테파노 투르코니와 테레사 라디체, 그리고 그들과 연결해준 가브리엘라 버스넬리에게도 감사드립니다.

이 프로젝트를 믿어준 폴린 메르메와 다르고 출판사에게도 감사의 마음을 전합니다.

마지막으로, 이 모든 이야기가 탄생할 수 있도록 아이디어를 준 아이에게도 고맙다는 말을 하고 싶습니다. 공연장 커튼 뒤에서 놀고 있던 아이야, 고마워.